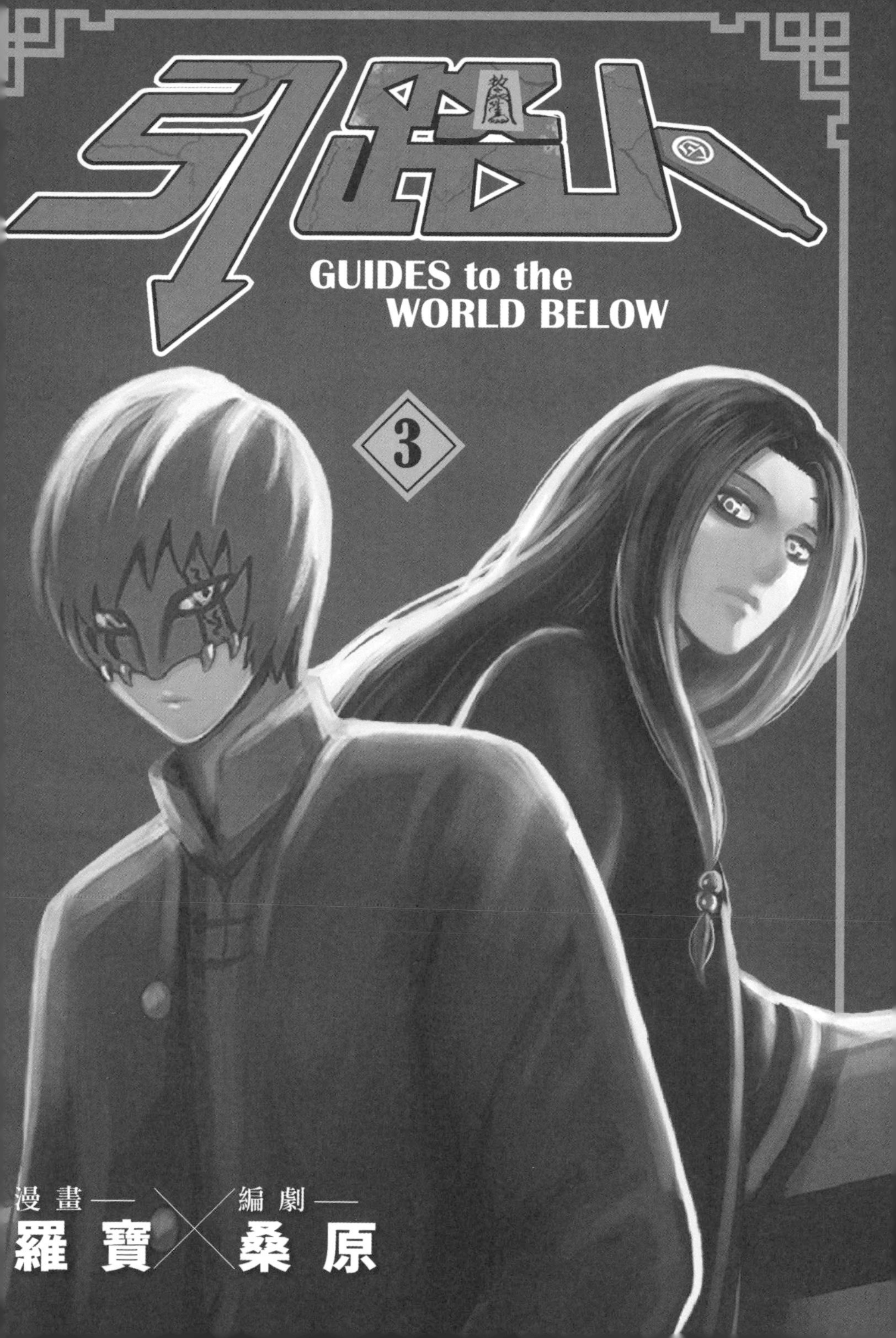

引路人
GUIDES to the
WORLD BELOW
3
漫畫——羅寶
編劇——桑原

Contents

第四十條路
休假

是說，現在要幹嘛咧？

我也不知道，突然就被放生了……

你們今天就休假一天吧。

雖然說是休假，但我們也不知道要去哪啊。

我們去菩薩地吧！

啊！我想到了！

！

謝謝光臨。

安仔，那時候周因為他心通昏倒，

你說「這是出乎意料的收穫」？

嗯，真走運啊。

走運？

你也很清楚吧，

那兩個傢伙要當上引路人，還缺少了一個關鍵特質。

……你是說，

他們不像我們會為了彼此犧牲嗎？

中部那兩個傢伙雖然老是意見不合，但為了天后他們什麼都願意做；

更別說南部那些王爺根本都是結拜兄弟。

就是不提我們欸……

原本我還煩惱這種事
該怎麼教他們，
但他心通之後，他們
似乎自行建立那份……
羈絆。
嗯，雖然我們的工作
就是勸人放下羈絆，
但不管在
哪條路上……
沒有羈絆的人，
是走不遠的吧。

你以前都是靠這些東西打發時間的啊？

對啊，從小就沒什麼朋友，

至少打電動還可以一個人。

……

這樣以後我來當你的朋友，

……

我們可以一起打電動！

8

對啊！你看起來很老，應該是老闆吧！

嗯？那邊那個妹妹，

妳是第一次來嗎？之前沒看過妳耶？

哈哈哈，沒錯！我就是靈界電玩最嚇趴的老闆！

妳真幸運，第一次來就遇到我們的總冠軍戰！

總冠軍？

那個大叔很厲害嗎？

他可是靈界第一遊戲王阿鬼唷！

9

好！那我要挑戰他

第一 ？

不行啊，妹妹，
妳這樣太亂來了——

我也想……

認識新朋友

沒關係，翰叔，
我們就玩一場而已。

好吧……既然你都這麼說了……

要手下留情喔，別把我的新客人嚇跑了。

哈哈，我知道了。

……

結、結束……

比賽……

出、出現啦！

超越阿鬼的絕世天才出現啦！

這位妹妹⋯⋯

居然以一招無恥下踢就打敗了衛冕冠軍！

這遊戲好像不有趣耶⋯⋯

老闆，這樣是我贏了嗎？

喂！

小女孩，妳⋯⋯

引路人

朋友

來，師父，

請用茶。

……

怎麼會……
變成這樣……

是說……大叔，
你對電動真的
很認真呢……

啊！叫我阿鬼就可以了。

自從退休之後，

我就將所有心力投入
於電玩中……

太早退休了吧！

但直到遇到師父您，我才知道我的觀念還是太不成熟了！

請師父不吝指導！

蛤？我也不知道欸，

我只是看你跳來跳去的，我就一直踢而已。

妳說什麼！

原來……

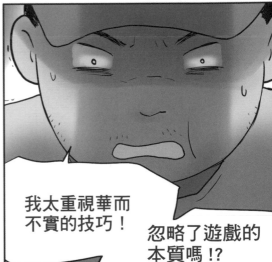

我太重視華而不實的技巧！

忽略了遊戲的本質嗎!?

徒兒深感慚愧！

喂！這個大叔好像很難搞欸，

快想辦法開溜……

呃……鬼叔，我們其實不太喜歡格鬥遊戲，所以——

啊！是這樣嗎！

竟然哭了!?

喀啦啦啦

我也覺得……格鬥遊戲真的很容易膩呢，

但我這裡什麼遊戲都有，

你們儘管玩！

隨便玩一下就閃吧……

喂！情況變得更糟了啊！

我哪知道他會突然拿出百寶袋啊！

你們……會覺得我很宅嗎？

不、不會啦！

喜歡玩遊戲是好事啊！

呼，那就好。

我以前也很愛打電動。

？

因為……我比較擅長
的就只有打電動，

其他的事都做不好……

每次只要面對人，我就
會把事情搞砸……

所以……

能找到願意一起
打電動的朋友，

想起來真的是
很值得開心的事呢。

原來……

不是只有我這樣啊……

……

那……

我們先來玩這個吧！

那瞬間，

我完全能夠體會
鬼叔的心情。

好啊！

這個和這個我都很推薦喔！

師父妳要不要一起來選！

欸……好……

有朋友，

真的是一件值得開心的事。

好不容易……

好不容易弄到
這上等法器……

除了那頭怪物之外，

導正世界的秩序，
就差那麼幾步了……

也就只有這法器
有同等神力……

讚嘆頭陀！

以寶塔之力，
必可完成大業！

世人對我等
誤解已深，

說來慚愧，
這兩千多年來，

我竟無能教化世人，
任由邪道編撰歷史……

頭陀，千萬別這麼說，

自從本教遭逢大難，

您就是我們唯一
的導師啊！

呵，導師嗎？

……人間那邊的聯繫狀況怎麼樣了？

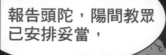

報告頭陀，陽間教眾已安排妥當，

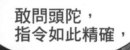

「她」當然也將協助配合。

很好。

敢問頭陀，指令如此精確，

莫非頭陀已決定寶塔的第一個收服對象？

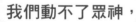

我們動不了眾神，

所以要收之人必然位非神明卻有堪比神明之力……

孤魂野鬼又幾乎無靈力可言……

第四十二條路

被遺忘的妖怪

子言，這家
豆花很有名，

你真的不吃
一點嗎？

嗯。

不餓⋯⋯

好吧，那我
就留下來了，

你想吃的時候
再吃吧⋯⋯

還好嗎？

老樣子……

……

那孩子……

從那之後心中就築起了一道高牆，

誰都無法跨越……

確實，他一直都很乖，

但直到現在我們都還摸不清他在想什麼。

其實……我有
想到一個方法，

說不定能夠幫助
他打開心房。

你知道？

守娘，

希望讓小王爺
見他爸爸一面？

抱歉，請原諒我們
無法這麼做。

嗯……你們果然
也有想過這件事嗎？

何況他是小王爺，
有驚人力量又深愛
著爸爸，

如果知道爸爸受困
在等活地獄，

相信妳也能夠想到
最糟糕的情況。

說實話，
讓兩人見面，

事情是否會往好的
方向推進，我並沒有
百分百的把握。

是這樣嗎……

我知道了。

那子言……

再麻煩你們照顧了。

讓他們見面，

我們真的掌握不住情況嗎？

小范，

直線不一定是最短的距離……

扣住底牌，

也是為了保護小王爺啊……

進不去？

好奇怪的案子……

是啊，那裡
就像迷宮一樣，

我覺得事有蹊蹺
就先回來了，

這可能需要請
引路人幫忙了。

我知道了，
土地公。

麻煩你幫我請
兩位引路人來吧。

這就去。

是有人在搞鬼嗎?

但孤魂野鬼怎麼能騙過土地公……

千歲,有新的任務?

嗯,剛剛接到一個奇怪的案子,

要請你們去接引一個中年男子的靈體。

狀況是?

還不明確。聽土地公的敘述像是某種幻術,

但又不像孤魂野鬼所為。

OK,地點在?

要麻煩你們去調查了。

唔，我看看⋯⋯

似乎是在高雄鳳山的
某間旅館⋯⋯

⋯⋯

⋯⋯

⋯⋯好，我們馬上動身。

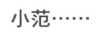

小范⋯⋯

剛剛千歲講到
高雄鳳山，

讓你想到
什麼嗎？

沒有……不是
因為鳳山……

是因為旅館……

旅館？

……

傳說很久以前的台灣，

某些小旅館會供養一種妖怪。

民眾供養她，

她就會幫忙打掃……

條件是，

每年她都要吃下一人。

……

……你考察過這件事嗎？

沒有機會，我以為那只是個傳說。

被送給妖怪
的祭品，

隔天就會消失，

只留下妖怪不願意
吃的頭髮和衣服……

但自從日治
時代之後，

就再也沒有人
看過這個妖怪。

……

咣——

那妖怪叫什麼？

金魅。

第四十三條路

談判

看來靈體就在這裡了。

也難怪土地公會覺得不對勁。

四季大旅社

光是從外面看就很不妙啊。

小范，你覺得呢？

……

我……
不太懂。

我也是，

刻意壓抑的強大
氣場，感覺不出
對方的實力。

而且，有相當多
力量在亂竄，

無法想像裡面
有多少敵人。

如果是妖力
還能夠理解，

……

但似乎還夾雜
著靈力？

小王爺，
全神貫注，

備戰。

嘰咿

!

沒人!?

普通的百姓……

敵人呢?

怎麼可能……

發現我們到了
就立刻跑了嗎?

不……那些力量
確實還在這裡。

啐

......

發現什麼了嗎？

如果是金魅，

吐了口水在地上會立刻消失。

……

……問題是，

在哪？

……房間。

他們不打算逃跑。

他們……

在等我們。

喀啦

陳先生對吧？

我們是引路人。

呃……

呃嗯……

妖怪……

有妖怪……

放心吧，

你已經沒——

……

……你是誰？

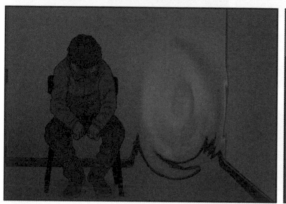

歡迎引路人
大駕光臨。

有失遠迎，請見諒。

看來整件事就是
你在搞鬼吧。

很強的靈力，

但在旅館外感受到的
力量不只如此……

你知道我？

吳王爺，不用把
我當作敵人。

那當然，

為了今天的
見面，

我做了
很多功課。

如你所願，
你見到我們了。

防備心別這麼重，

我只是想跟你們
做一個交易，

用靈體換你們
幫我一個小忙。

嘻嘻。

51

好久沒人敢跟我談判了呢。

吳王爺智力非凡，我早有耳聞，

但吳王爺不先問問
我需要你們幫什麼忙嗎？

不需要。

靈體我要帶走，

你，我也要帶走。

我認為，
既然是談判，

凡事先別講死得好。

你憑什麼覺得你
有籌碼跟我——

嘶嘶嘶嘶

！

沒有做好準備，

怎麼敢找
吳王爺麻煩。

小心玲瓏寶塔！

知道！

可惜來不及了。

阻止他。

金魅。

嘻嘻嘻呀！

第四十四條路

結界

啪嗒嗒嗒

金魅……

難纏的東西。

殺……

殺了……

但她也好不到哪裡去。

開！

唔……

吳王爺，身手果然了得……

滋滋

滋滋

要是結界再晚一點開，

金魅大概也魂飛魄散了。

真野蠻。

在取得寶塔之前，金魅可是我最重要的寶貝呢。

……你的目的是？

這傢伙，一開始的目標就不是我和小范……

剛剛說要跟你談判，

你後面那個人你喜歡就帶回去吧！

但是……

但現在你已經失去談判的籌碼了。

小王爺我要帶走。

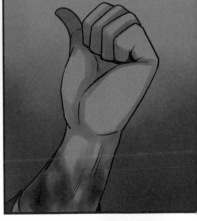

……凍傷？

哈哈哈哈，
我可不會這麼想。

你以為靠金魅就
能對付小王爺？

我說過了，

我做了很多
功課……

陸子言，
陳守娘的義子，

隻身打殘盧清、韓德，
連他的能力到底是什麼
我都摸清了。

我當然知道他不是
金魅就能應付的。
但假如……

我有寶塔的力量呢？

靈力被吸乾的
小王爺，

你確定還會是
我們的對手嗎？

......

放心吧！

如果你們願意
讓我帶走小王爺，

我是不會在這裡
使用寶塔的。

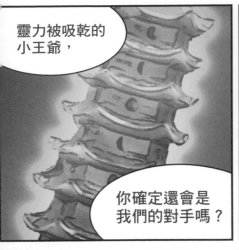

畢竟他的人比他的
靈力有更大的價值。

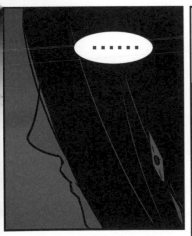

......

反正結界開了，
我們也幫不上忙，

但你有本事撂倒
小王爺就試試看吧。

哼。

吳王爺，
真讓我失望，

還以為你像外界傳言
一樣足智多謀，

原來也不過是個
虛張聲勢之徒。

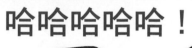

哈哈哈哈哈！

嚇唬我是沒用的，

我見過的世面
可不是你能想像的。

……小王爺，

可以動手了。

金魅。

……好。

殺……

殺了……

我？開始了嗎……

從陳守娘那學來……

登峰造極的……

第四十五條路

真相

殺了⋯啊啊啊啊

殺⋯⋯呀啊⋯⋯

這就是幻術的巔峰嗎⋯⋯

明明是幻象⋯⋯

卻能造成真實的傷害⋯⋯

所有的反擊⋯⋯

卻又只是在攻擊幻影⋯⋯

懂了嗎？

在小王爺的幻境中，他是無敵的。

沒資格談判的人，

是你。

可惡……

噎……

金魅，還愣著幹什麼！

殺了……啊啊啊！

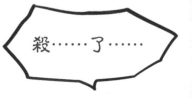

殺……了……

殺了……我……

畜牲！

早知道事成之後
就不該留著妳！

什麼意思？

事成之後？

真野蠻，

在取得寶塔之前，金魅可是我最重要的寶貝呢。

原來如此……

金魅從來沒有吃過人，對吧？

！

我終於懂了……

金魅的作用是什麼……

既然如此，為什麼到現在才下手？

尔為了奪取小王爺的靈力，甚至敢直接在我們面前露臉……

證明你為了蒐集靈力不惜付出一切代價……

比較合理的解釋，就是直到最近你才取得能對付小王爺的寶塔。

但是從旅館外就能感覺到為數眾多的靈力和妖力，

那麼在取得寶塔前，你是靠什麼來蒐集靈力的呢？

說明你並沒有等到寶塔入手才開始蒐集力量……

這讓我想到……金魅吃人的傳聞，

有沒有可能，那些人不是被金魅吃了……

而是被你殺了。

為了避人耳目地
取得靈力，

你一直以來都把
金魅當成障眼法。

那些我們以為變成
孤魂野鬼而失蹤的
靈體，

應該都被你囚禁
在結界中吧？

直到寶塔到手，再將
他們的靈力一次吸乾。

而且如果我沒猜錯的話……

金魅也是被結界軟禁的一員。

現在只剩下兩個問題。

你是誰？

還有你蒐集靈力的目的是什麼。

不……只有一個……

去佛不遠，身生惡瘡，
初如芥子。須臾之頃，
猶如豆許。

復漸長大，如毘梨果。
身體爛潰，膿血流出。
身壞命終，墮大蓮華地獄。

注：大蓮華地獄，又稱為大紅蓮地獄、摩訶鉢特摩地獄，為八寒地獄中最底層的地獄，於此地獄中將全身凍裂、皮開肉綻，彷如紅蓮花一般，故名。

你就是從大蓮華地獄
逃出來的……

瞿迦梨吧。

第四十六條路
金綢

呃……咳……

……

你的手腕……是在
大蓮華地獄凍傷的？

……

不……不只手腕，

恐怕衣服覆蓋住的地方，都是凍傷的痕跡吧。

靈界通緝要犯，

原來是瞿迦梨，真是稀客啊！

甚至該說是貴賓了。

該是我們來迎接你啊。

……素聞吳王爺足智多謀，

范王爺博覽群書……

兩位王爺，果然深藏不露。

但知道了又怎樣？你們要如何應對這寶塔？

……我勸你……

最好放棄用寶塔
對付小王爺。

咿咿咿——

很可惜，

我不是聽命於你。

攝魂……

收！

咈口咈口咈

斯斯斯嘶

金魅！還等什麼！

……

混帳！
一點用都沒有！

咔

金綢啊，妳到了新家要認真工作，勤奮打掃，不要惹人嫌，這樣媽才會放心。

我會的，

媽，妳也要好好保重。

妳就是金綢？

金綢呢？

廚房的東西妳也敢偷吃！

拜託夫人行行好……

我已經三天東西了……

叻

主公……
出人命了……

每年為主公獻祭
一人……？

誰知那金綱這麼
不禁打……

願意！
我願意！

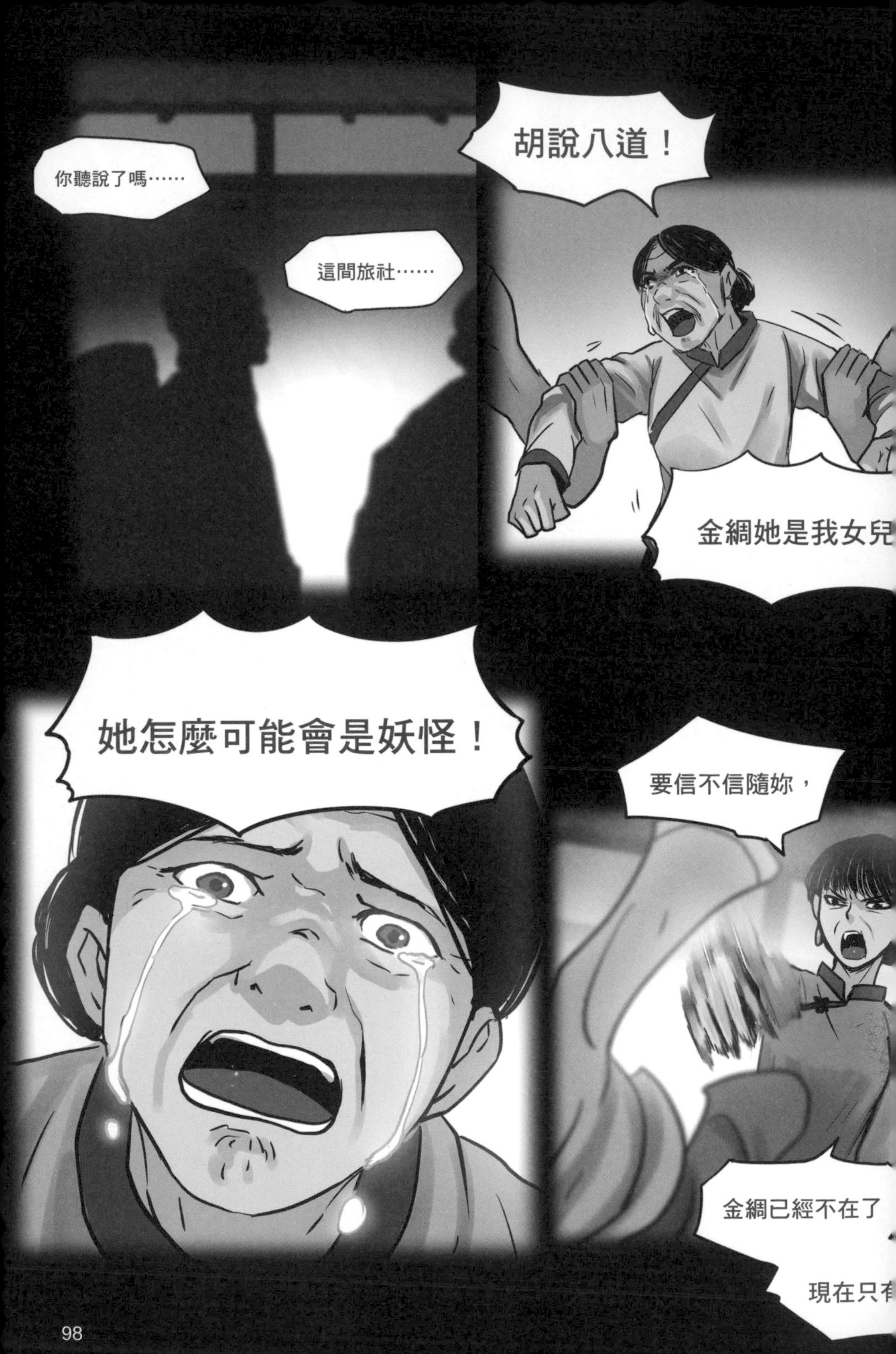
你聽說了嗎……
這間旅社……
胡說八道！
金綢她是我女兒
她怎麼可能會是妖怪！
要信不信隨妳，
金綢已經不在了
現在只有

你就是用這來控制金魅的行動？

要說教等抓到我再說吧！

金魅！幹掉他！

噫呀啊啊啊啊！

第四十七條路

約定

成功了……

哈……哈哈哈哈哈！

不愧是玲瓏寶塔！

幻術再厲害又如何，

沒有靈力什麼術都沒用！

怎麼樣？吳王爺，

這就是你拒絕談判的後果！

糟糕……

太遲了！

早接受我的條件
不就沒事了嗎？

我是在說你啊。

什麼？

我說，

你糟糕了啊。

事到如今你還要繼續耍嘴皮子嗎？

但如果你有好好做功課，

就不該擅用寶塔對付小王爺。

先不論你打開結界後，要怎麼逃離我和小范的拘捕……

贏了就是贏了，

事到如今才要說我卑鄙，

哼，吳王爺，不嫌太可笑了嗎？

卑鄙？

你誤會了，

我個人相當欣賞為達目的不擇手段的人。

只是，人啊，

就像你，
查到了一點皮毛，

總是會過度相信
自己掌握的資訊。

就認定幻術是小王爺從
陳守娘那學來的殺手鐧。

確實，

陳守娘的幻術
相當可怕……

但你真的
以為……

若干年前。

好久不見了，

工作上還順利嗎？

自從盧清、韓德休養後，

我和范王爺就忙得不可開交。

復原情況很樂觀，

……他們兩人還好嗎？

但還不到能出勤的狀態。

美其名是將小王爺
參加引路考的特赦權
留給老師，

實際上只是
互踢皮球而已。

老師很清楚吧，

十殿閻羅的
判決……

不特赦，
是老師的問題；

與其如此，我認為
不如特赦小王爺，

特赦後，
未來小王爺
出什麼亂子，

他們也能將責任
撇得一乾二淨。

由我來幫助他步上正軌。

......

吳王爺，你還記得
當年守娘的事嗎？

含冤而死的陳守娘
大鬧府城，

連向來善戰的廣澤尊王
都敗下陣來，在當時
可是大新聞。

......當然。

其實那時大家擔心的並不是廣澤尊王被擊退，

而是守娘毫無節制的能力繼續膨脹，

當時上層有許多聲音

有人說不該向冤魂妥協，

應以公權力強制將守娘拘捕到案，

甚至不惜⋯⋯消滅她。

你怎麼看觀音菩薩最後的決定？

所以才會請託觀音菩薩出面。

最聰明的選擇，

嗯，祂知道守娘不能被戰勝，

只能被感化，

解決問題，

而不是製造更多問題。

所以祂用智慧化解了這場災難。

將來若真的發生意外，
子言再度失控，

就請照我現在
這麼做⋯⋯

啪

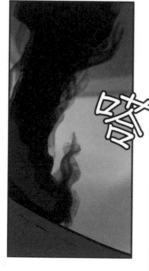

嗒

除了不做功課之外，

也只能說你太不走運。

寶塔對誰都有用，

剛好就是對陳守娘和小王爺沒用。

咎由自取，

這可不是我逼出來的。

你就慢慢享受你的「後果」吧。

第四十八條路
怨力

沒道理啊……

我明明已經吸乾他的靈力了……

就算有妖力，照理說也應該一併被吸進寶塔了啊……

你最大的失誤，就在於只顧著調查小王爺，

卻忘了摸清陳守娘的底牌

少囉嗦！

收！

是沒有收乾淨嗎？

攝魂……

嗶嗶嗶

怎麼可能……

為什麼……

哷哷哷

源源不絕……

這到底是什麼力量……

呼……呼……

磅磅磅磅

！

衣櫃？

果然，跟那時我們遇到的一樣……

不過就是老調重彈的幻術？

你以為幾個衣櫃就能嚇倒我？

你到現在還是搞不清楚，幻術根本不是重點……

重點是現在小王爺施展幻術的能力來源，

既不是靈力、也不是妖力……

而是怨力。

混帳⋯⋯他在嚇唬我嗎？

從沒聽說過啊⋯⋯

嘰咿——

！

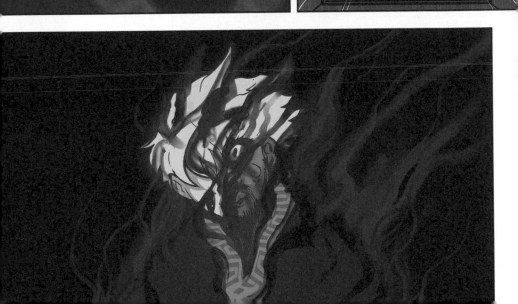

他……
他知道……

我最害怕的
是什麼……

死前處於極端恐懼
和憤怒的情緒中，

化為靈體後會
帶著強烈的怨念。

過於強大的
怨力會讓他們
喪失理智，

徹底變成一台殺戮
和復仇的機器。
但最可怕的是……

這種能力是沒有上限的。

他就越強。

你現在有兩個選擇，
第一，繼續待在結界
裡讓小王爺幹掉你；

你越激怒他，

第二，打開結界
讓我們拘捕你。

但我勸你最好快點，

這傢伙……早就
算到這一步……

因為你能選擇的
時間並不多。

所以我打開結界時
才這麼沉著嗎？

吳王爺，

你漏了我還有
第三個選擇……

哦？

第四十九條路

當務之急

冷靜。

不可……原諒……！

你還真是把事情都做絕了啊。

醜化妖怪、出賣夥伴、濫殺無辜……

哼，無因無緣，眾生有垢，

無因無緣，眾生清淨。

我可不是在跟你談業報，我是在告訴你，

你一次踩到了范王爺的所有底線。

現在已經不存在「被拘捕」這個選項了

就算打開結界，范王爺也會親自收拾你。

說去老是這些……

我沒有要打開結界的意思，

要也是等我全身而退之後讓結界自然消失。

你還不懂嗎？

體術再快，在結界裡，你哪都去不了。

誰跟你說，我一定要把結界打開才逃得出去？

你打不打開，我們都不會讓你——

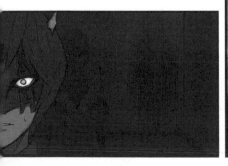

身如其意隨念即至一想
念間達十方無量國土

小范？

尸羅

范王爺想起來了？

確實有一種從結界中
脫逃的方式。

三哥！快破壞……結界，

抓住他！

結界不是那麼容易
破壞的，他的體術
不會比我們快，

只要結界開了——

那不是體術！

那是……

神足通啊！

嘖！

犧牲金魅確實是我始料未及的，

但小王爺的靈力我也成功拿到手了……

這次就算打平吧。

後會有期了。

呃!!

竟然是神通⋯⋯

我發誓⋯⋯
抓到那傢伙

我絕不會饒了他⋯⋯

小范，當務之急……

是處理眼前的小王爺。

少了瞿迦梨的靈力，

結界撐不了多久了。

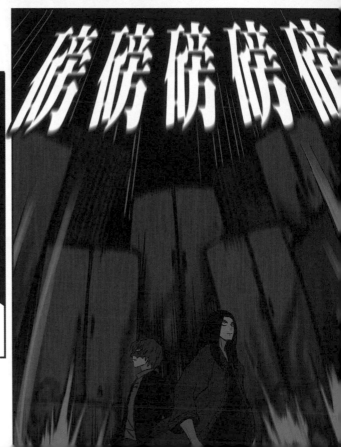

磅磅磅磅磅

別輕舉妄動，我們現在
在小王爺的幻境中。

明白。

這樣下去
不是辦法……

小范，你還記得
老師教的那招嗎？

記得。

等等我一出手，
你就立刻使用。

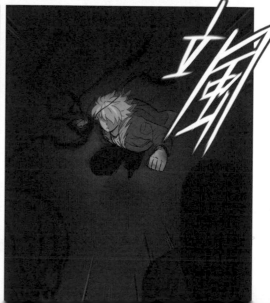

知道！

第五十條路

天啟者

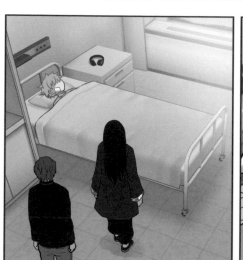

唔……

還好嗎？

……我們
怎麼會在這裡？

不是你的錯。

那個男人……

抓到了嗎？

我又……失控了？

……

被他逃掉了。

你的記憶到哪裡？

我記得，

金魅攻擊我，

殺了…我……

但她……
叫我殺了她。

她的本名
叫金綢，

並不是壞人，

只是被瞿迦梨操控
的傀儡而已。

她怎麼樣了？

……

我殺了她
……是嗎？

你現在
靈力全失，

只管好好
休養就好。

……

們先去跟千歲報告
一步的狀況，

吳王爺……

你再休息一下吧。

在這個世界，

死了會到哪裡去？

……放心吧，

金魅已經
脫離痛苦了。

……是。

所以，他帶走小王爺全部的靈力就跑了？

這就麻煩了……

失去靈力，小王爺不就變成一般人了嗎……

……原本以為我們能夠拿下他再奪回寶塔及小王爺的靈力，

怨力可是禁忌，

總不能再次使用……

是我的失策，我願意承擔全部責任。

不，

是我疏忽了對方有神足通的可能性。

敵暗我明，

本來就不能怪你們，

何況也從來沒有資料顯示瞿迦梨有神通。

但有一點，讓我有點疑惑。

什麼？

有神足通，

他大可以在吸收完小王爺的靈力後就直接撤退⋯⋯

但他卻等到最後關頭才施展，

有兩個可能⋯⋯

157

你覺得不止
一個人？

控制金魅、取得寶塔、
奪取小王爺的靈力，

這都是有計畫的行動，

孤狼式攻擊的
機率不高，

瞿迦梨再莽撞
也不至於此。

多人犯罪的
可能性更高。

多人犯罪……

無因無緣，
眾生有垢，

無因無緣，
眾生清淨。

六師外道，

難道是──

嗯。

富蘭那？

注：六師外道為佛教~~
六個古印度教派的稱~~

辛苦了，

小王爺的靈力到手後
我們的進度大大超前了。

但我們也因此損失了重要的成員，

對吧？

托頭陀的福。

金魅她……

確實……

麼說呢……

我能力不足，只能一人脫逃，

但金魅她知道的事情太多了，所以我才……

頭陀，金魅是為了真理而犧牲，

她不會白死的。

三聞達多，

貧僧懂成大事必付代價的道理。

但這種事，
貧僧不希望再發生，

明白。

我們是為了還給
世界公平，

公平本身絕不能建立
在不公平的前提上。

我在想瞿迦梨能從
大紅蓮地獄脫逃，

恐怕也和富蘭那有關。

既然是那群人，

那目的就很
明顯了……

頭陀，寶塔的力量還差多少？

吸收了小王爺的靈力後，

現在只差一點點了……

交給我吧，

接下來讓我來物色適合的對象。

必須盡快通知北中區的引路人，

脫逃的瞿迦梨擁有神足通，

富蘭那及其黨羽的下一個目標很有可能就是他們。

再一點，只要再一點，

就能從阿鼻地獄中救出「他」……

也要同步將這個消息上呈給老師，

請酆都爺和十殿閻羅務必加派人力看管「他」……

第五十一條路
無緣死

……你等一下……

……不會又突然給我暈倒吧？

這種事……我怎麼知道……

說得好像暈倒是我的興趣一樣……

矮子，你確定要讓這小子跟我們一起去嗎？

我怎麼覺得他比要牽引的靈體還難搞。

不會啦，

再說這次的任務也很需要他心通的協助呀！

喔，你們有聽過……

這次的任務是什麼啊？

……無緣死嗎？

？

那是什麼？

這是日本傳來的詞彙，

指的是與外界斷絕了所有的緣分，一個人孤獨地死去。

咦？是獨居老人嗎？

確實，這種狀況在獨居長者身上比較常發生。

但它和一般案子最大的不同在於……

他們的離世，社工未必會第一時間得知，更多時候是聞到惡臭的鄰居先發現。

好一點的，親戚會協助處理；

遠親，20多年未聯絡，拒絕認領

沒有人願意接手的，

只好由各縣市政府民政局的殯葬管理處辦理。

這些人的離世，

沒有人知道，

甚至，沒有人在乎。

怎麼會有這種事？

政府都放任獨居老人不管嗎？

這是一般人
最常發生的誤解。

「獨居」並不代表弱勢，
而僅是一種生活型態，

很多時候，這是
個人意願的選擇。

當然社會局或老人服務
中心會介入關心，

但如果長輩堅持要
一個人生活，

除非發生危險狀況，
否則政府其實沒有
立場強制干預。

……

173

我和安仔第一次遇到
這種事也很驚訝。

但後來想想，

這似乎是社會邁向
現代化終將面對的現象。

隨著社會進步，
更多人湧入城市，

但人際關係越來越
淡薄，加上經濟壓力，
許多人選擇不婚。

等到退休年齡一到
他們會瞬間失去與
社會上的所有聯繫

沒有家鄉的地緣、
不存在家人的血緣、
失去工作的社緣，

居住在城市裡一個
沒有人知道的小角落，

被城市安靜地
吞下生命。

但這應該還是
算自然離世吧，

怎麼不是由
土地公來牽引？

說得好。

這本來就不關
我們的事，

這可不是我沒有
同理心還怎樣的。

你就是啊……

照理說的確應該是土地公來牽引，

但通常這種人到靈界之後，依然會維持生前獨居的生活。

老大想知道問題的癥結在哪，

所以叫我們來查查看。

不過是浪費時間罷了，

這種人不管到哪都是一樣的。

……

味道已經有點散出來了，

進去吧。

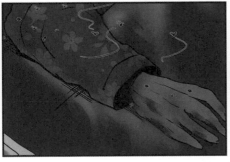

……唔……

不過是有機體的自然現象，

別給我做出這種反應。

阿嬤，我們該離開這裡了。

！？

你們是誰！

滾出我的屋子！

小心我叫警察！

阿嬤，我們是七爺八爺，

是來接妳的。

七爺八爺？我還媽祖咧！

給我滾出去！

唉，

這種的最麻煩了。

安仔！你要幹嘛！

?

沒幹嘛，

證明一下
身分而已。

這樣總該相信了吧。

！？！？！？！

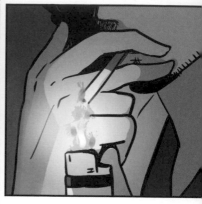

果然……

要讓人聽話還是這招最有效啊。

有效個頭！

這招好酷唷
我也要學！

第五十二條路

信

阿嬤，歹勢啦，

我們不是故意要嚇妳的。

哼！誰知道你們是神明還是小偷，

說不定是要來偷我家的東西！

為什麼要叫我馬殺雞……

我們對妳家一點興趣都沒有，

我們是來帶妳走的。

阿嬤……妳應該知道……妳已經往生了吧。

走？

我家就在這邊，我要走去哪！

那種事……

阿嬤，
既然妳不舒服，

要不要快點
離開這裡？

你們到底要幹嘛啊！

這是我家！

我高興待多久
就待多久

不是的，往生後妳就
不屬於這個世界了，
我們會帶——

煩死了！你們跟
他們都一樣啦！

他們？

都是要拉我去
一些奇怪的地方！

……

阿嬤，
他們是誰？

......

信？好久沒看到了，

徐美華收

阿嬤，

有人曾經想要帶妳
去奇怪的地方嗎？

是照片裡的人
寄來的嗎？

喂！小夥子！誰准你
亂動別人的東西！

對、對不起，

因為它掉在地上，
所以想說撿起——

掉在地上是
哪裡礙到你！

你們這幫人到底
是怎麼回事啊

……

阿嬷，不好意思，

他還不太懂規矩……

那是他家的事吧！

你們媽媽都沒有教過嗎？一點教養都沒有！

真不知道是哪來的野孩子！

以為會變幾個魔術我就——

老太婆！罵個沒完！妳不要太過分了！

……妳說什麼？

我說妳這個老—唔——

不好意思！

阿嬤，
她喜歡亂講話。

……

阿嬤……願意跟我們說說妳的故事嗎？

哪有什麼故事啊！

起床、看電視、吃飯、睡覺，講完了。

……

不然這樣好了，

我們來玩一個遊戲！

……遊戲？

現在我們每拿起一樣東西，妳就跟我們說說它的來歷好嗎？

我幹嘛要聽你的。

我們玩完這個遊戲就馬上離開，不會再打擾妳，

這樣好不好？

189

……

好，這可是你說的！

那麼……就先從這封信開始吧！

……那是我妹妹的信。

阿嬤有妹妹嗎？

怎麼沒有跟妹妹一起生活？

問這麼細幹嘛？

她嫁去南部了啦，

一起生活麻煩死了。

那上次見面是什麼時候呢？

早就忘了，

某一年新年吧，她叫我去跟她們一起吃年夜飯。

後來呢？

這麼遠！哪有辦法老是這樣跑，

後來都是用寄信的，一年大概會收到兩三封吧。

阿嬤……很常看妹妹的信嗎？

……

阿嬤？

哎呀！不玩了啦！囉哩囉嗦！

要走就是了！我跟你們走啊！

……欸？

走啊！你們在慢吞吞什麼！

要去哪？

欸……阿嬤……等等……

哼……總算願意上路了……

不對……就這樣結束了嗎……

這樣她到了靈界之後，還是會繼續這種生活的⋯⋯

問題的關鍵到底是什麼⋯⋯

快找出來啊！

這不是……

……諦聽的靈力？

哼，居然留下了
這麼個寶物，

還真多虧了
那頭獅子……

這小子總算能控制
自己的他心通了。

第五十三條路

留言

好奇怪的感覺⋯⋯

身體變得好敏銳，

眼睛耳朵像是終於打開了一樣⋯⋯

信⋯⋯？

風嗖

這……
這是哪裡？

都不知道……

每天醒來……

誰在說話！

為了什麼活著……

每一天感覺都
好漫長……

阿……阿嬤……

這是……阿嬤
的心聲……？

妹妹的每一封信，
明明都會背了，

下次收到信大概
是過年的時候了，

只剩兩個
月了……

但還是忍不住一直
拿出來讀……

周？

周！

欵欵欵，

你要暈倒
要先說唷！

啊，

我、我沒事⋯⋯

小子，不會又
貧血了吧？

你身上的是諦聽
的靈力吧，

嚇了我們
一大跳呢。

這就是更進階
的他心通？

竟然連接觸過
的物品都可以
感受到⋯⋯

是因為附著的情緒
太強烈嗎⋯⋯？

喂！你們在拖拖拉拉什麼啊？

剛剛說要走的可是你們耶。

看起來⋯⋯阿嬤並不像表面那麼刻薄⋯⋯是故意裝出來的嗎？

但，為什麼要這樣？

八爺，不好意思⋯⋯可以幫我拖住阿嬤嗎？

有些事我想搞清楚。

你能使用他心通了嗎？

太好了！那有什麼問題！

阿嬤，他突然有點不舒服欸，

我們先在這休息一下好不好？

肖年仔，年紀輕輕這麼沒路用，

我看到自己的屍體都沒怎樣了。

是……是啊，

看到遺體的狀況有點嚇壞了——

嘟嚕嚕嚕嚕

嘟嚕嚕嚕嚕

……不接嗎？

接個屁。

你不要老是忘記自己已經死了。

對厚……

不然聽一下留言好了。

嘟嚕嚕——嗶

不、不用了啦！

沒什麼好聽的。

大概又是一些推銷東西的電話而已。

按

嗶——

臭丫頭妳又在那邊動我的東西！

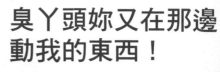

您有三則新留言……

死老太婆……

為您撥放第一則留言……

我都聽到了！

喂？阿嬤，我是立萱，

妳怎麼都沒接電話？

……小賴一直和
我問妳的近況，

妳還在生她
之前的氣嗎？

如果有聽到這則留言的話，再麻煩阿嬤聯絡我唷，掰掰～

喀

……

立萱？小賴？

對啦對啦。

肖年仔你是
休息完了沒有!

要走了吧!

不重要啦,只是兩個
討人厭的小丫頭而已,

最近討人厭的
小丫頭還真多。

阿嬤,
她們是誰?

她們是阿嬤
的家人嗎?

都說是討厭的人了!

社工啦!莫名其妙!

都兌過了
還敢打來！

也好，以後終於不用
再面對她們了。

歹勢小賴……我先
走一步了……

阿嬤！

妳……妳剛剛說什麼？

啥毀？

我說以後不用再面
對那兩個討厭的小丫
頭啊。

這個肖年仔怎麼
突然這麼大反應？

我、我聽到了！

引路人

第五十四條路
另一種家人

幹嘛？

妳認識那兩個小丫頭啊？

不會錯的，剛剛提到小賴時，

阿嬤的情緒特別強烈……

可以……多跟我聊聊那個叫小賴的社工嗎？

無緣死的線索就在她的身上！

哪有什麼好聊的，

就社工啊。

可惡……又壓抑住了嗎？

還是這麼嘴硬……

社工？

對了！

喂！你在幹嘛啊！

這應該是那個社工和阿嬤的合照吧？

有了！

你怎麼聽不懂人話啊！

你再亂動我的東西……

果然，照片上也有
同樣的情緒。

我不是已經說了
我不需要嗎！

沒想到，她之後還是持續打電話過來，

還不斷來拜訪。

嘻嘻，總算相信我了吧。

……

……怎麼又是妳啊。

唉，

進來坐坐？

我說妳啊，

到底想做什麼啊？

216

沒什麼啊,只是希望阿嬤多跟大家聚聚,

一個人也很無聊吧?

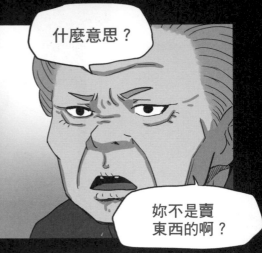

什麼意思?

妳不是賣東西的啊?

才不是!

是中山老人服務心的社工啦,

我叫小賴。

……社工?

妳怎麼找到我的?

聽里長伯說的啊!

他很熱心喔,還跟我說了另外兩個長輩的事。

後來在電視上看到一模一樣的東西，

只要三千塊就有了，

那阿嬤當初怎麼會買？

重點是我根本用不到，連三千塊都不用花。

這……那、那時候那個年輕的小夥子說這個很適合我啊。

妳沒有拒絕他嗎？

有啊！怎麼可能沒有！

但……他後來突然關心起我的身體狀況，我就讓他進來了啊。

太惡劣了！

所以啦，這也是我來找阿嬤的原因，

大家聚在一起比較有個照應嘛！

才沒有咧！我是社工欸，

只是跟其他人吃個飯而已，

很不錯吧！

大家是誰？

妳是不是想拉我去教會還是去進香啊？

其他人？

對啊！

妳一個人⋯⋯

要負責這麼多人嗎

但只要一想到，

我對他們來說，像是另一種家人

對啊，其實大家都是這樣的

我們這一區，

大概一個社工要負責五十到六十個長輩。

就不會覺得累了。

⋯⋯

⋯⋯妳、

妳說大家一起吃飯是什麼時候？

另一種家人嗎⋯⋯

阿嬤願意參加了嗎！
我馬上來安排！

我們每個禮拜都有
兩到三次的老人共餐，

三節還有特別的
活動，像我們之前
的中秋節就——

妳講慢一點，
我記不了這麼多啦。

第五十五條路

回去吧

後來……

的確過了一段
蠻快樂的日子。

每天都在心裡倒數，

樂活勇健椅班　活力舞蹈秀 ♪

期待著能和大家
聚在一起的時候。

小賴⋯⋯為什麼離職？

⋯⋯什麼時候？

兩個月後吧，好像是一個叫立萱的來接手，

看起來是個文靜的小女生，跟小賴剛好相反類型啊⋯⋯

還不就家裡人反對她繼續幹這行，

聽說還鬧了一場家庭革命咧⋯⋯

想想也可以理解，

要是我女兒做這個我也會心疼啊⋯⋯

除了服務
阿嬤之外，

還能幫助更多的
弱勢長輩……

為了工作犧牲了生活，
也不要緊。

但後來才發現，

原來不知不覺中，

自己也變成
了弱勢。

看著朋友在大公司漸漸
有成就，我可以不在乎；

因為你們的笑容真的
是社會地位和金錢都
換不到的。

236

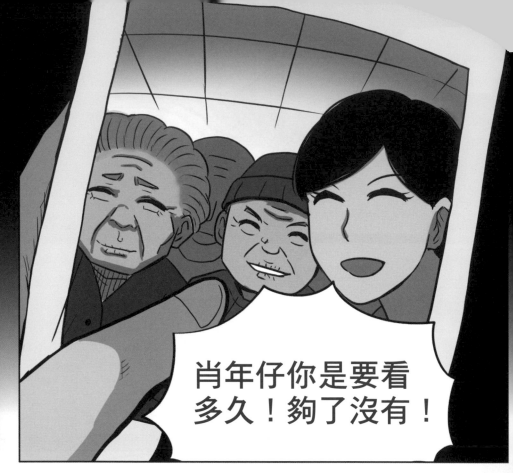

肖年仔你是要看
多久！夠了沒有！

你不要給我
得寸進尺！

唔⋯⋯你幹嘛？

第五十六條路

一個人的事

肖年仔你是
怎樣······

罵個兩句
就哭······

周？還好嗎？

是不是感應
到什麼？

八爺，你⋯⋯可以幫我一個忙嗎？

唔⋯⋯這樣不會太魯莽嗎？

我不知道⋯⋯

但也只能試試看了。

好吧，我知道了。

你們在講什麼祕密？我也要聽！

呃……是這樣的，

我突然有事要離開一下子，

這邊就麻煩你們三個了。

蛤？你要離開？

我、我很快就會回來的！

放心！這裡就交給我吧！

我最擔心的就是妳！

我是不會打老人的。

……

周……拜託，請看住他們兩個……

嗯……我也只能看而已……

唉，真搞不懂你們這群人，

抱歉，剛剛看到妳的照片，突然想起我的阿嬤。

還是先不要告訴她實話好了。

一下子說要走，

一下子哭哭啼啼的。

……你阿嬤還在世？

對啊，我才剛離開沒多久，只剩她一個人，

所以看到妳就讓我想到了她。

……

……要是我有孫子，
大概也像你一樣大了吧。

阿嬤……

不會害怕孤單
一人離世嗎？

……哼，
有什麼好怕的，

活著一個人，

死了不也一個人？

那阿嬤
除了妹妹，

還有其他的
家人嗎？

早就過世了。

抱歉……

我媽媽在我還小的時候就走了，

……

我爸還比較幸運，至少還能看到我妹妹結婚……

你有參加過告別式嗎？

我……

我……還記得媽媽過世時是我第一次參加告別式……

？

從那時候開始，
我才知道，
死亡，原來只是媽媽
一個人的事……
轟
也是從那時候，
我才感受到，
媽媽！火來！
快跑！
轟
火來！快跑！
火來！快跑！
火來！快跑！
媽媽真的離開
我們了。

......

就算死，

也只是我一個
人的事，

是不是孤獨死，

差別只在於死的
時候有沒有人幫
妳哭而已。

既然我懂那種
難過的心情，

為什麼要讓別人
再體會一次？

阿嬤小時候一定
跟媽媽很親吧？

......

在我看來，
就是因為感情很好，

她走了妳才會
這麼難過。

謝謝對方這一生帶給自己的歡笑、

謝謝那些美好的時光，

也謝謝那個人曾經出現在自己的生命裡。

當然，那種眼淚可以被理解為難過又沉重的負擔。

但如果讓我來說……

我會把它解讀成，

「辛苦了，我會帶著過去的回憶好好活下去。」

我……我們要去的地方，

能見到我的爸媽嗎？

……

我很想他們……

第五十七條路
留下些什麼

胡大哥，你到底——

唔……唔……

胡……胡……
胡大哥……快……

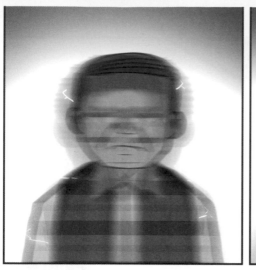

我把小賴帶來了。

這就是那個社工？

唉，你帶她來這幹嘛？

不好意思，阿嬤，

是我請八爺去帶她來的。

我想，假如要上路的話，

遺體放置在這邊總是不太好，阿嬤也放不下心吧。

或許她可以幫妳
聯絡妹妹。

這件事和她一點
關係都沒有，

她也早就不是
社工了……

你們何必非要嚇壞
一個小女生？

不然呢？

小賴對妳的意義，
就只是一個社工嗎？

她可能並不這麼想，

如果她現在
看得到妳的話，

一定會很難過……

因為她最不忍心
看到妳寂寞的表情。

……

說什麼呢……

她能看到的，就
只有我的遺體……

是嗎，

妳看看小賴。

對不起，對不起……

都是我的錯……

嗚嗚嗚……

對不起……

除了遺體的事之外，我也希望，

在上路之前，能讓阿嬤知道……

會有人因為妳的離去而悲傷的，

妳的離去，不只是妳一個人的事。

我們雖然是一個人來到這世界，再一個人離開，

但是在這中間，我們並不是什麼都沒有留下……

那些說不上是什麼的東西，

將會陪伴活著的人繼續走下去。

小賴……那時候……

我是妳的……

另一種家人。

那時候⋯⋯

我想聽到妳說的是⋯⋯

叮咚！

來了。

喔是你們啊！

鬼叔，我們又來打擾囉！

歡迎歡迎！

快進來吧

喀啦一

很多時候……

「孤單」只是一種選擇，

一個人生活或許
也沒什麼不好。

但我相信，

要是能更緊密地和
他人建立連結……

總會留下些什麼的吧。

第五十八條路
緣起

老大，

這麼急著叫我們來有什麼事嗎？

就在剛剛，代天府傳來一個壞消息……

小王爺又用了怨力？

比那更糟，

通緝犯……瞿迦梨又露面了。

！

……兩位王爺已經逮捕了？

所以我說是壞消息。

用玲瓏寶塔吸乾了小王爺的靈力？

更棘手的是神足通。

嗯，除非在瞿迦梨動念逃跑之前就制伏他，

否則……幾乎束手無策。

如果那頭怪物還在就簡單多了。

?

千歲那邊推測，整起事件是富蘭那在背後操作，

目的是為了救出阿鼻地獄的提婆達多。

沒有，代天府也不是笨蛋，

消息應該還沒有透露給媒體吧？

就算傳出去的也會是假消息。

有叫天后宮那兩隻打聽一下嗎？

什麼那兩隻……

當然，目前什麼都沒有掌握到，

估計他們躲在強大的結界裡，天眼通和天耳通都無法穿透。

281

八爺，你們剛剛在說什麼，我怎麼完全聽不懂。

嗯⋯⋯這說來話長了。

提婆達多⋯⋯這名字好耳熟。

被關在阿鼻地獄？他是很壞的人嗎？

他⋯⋯是釋迦牟尼佛的堂兄。

在兩千多年前的印度，主流的婆羅門教越來越腐敗，

百姓苦不堪言，繼而追求其他精神上的寄託。

一開始，大家對提婆達多的評價都是此人聰明絕頂、

面容清秀、辯才無礙、力大無窮……

總之，無論是才智或武功都是近乎完美的人才。

但只要形成團體，就一定會有分歧，

漸漸地，提婆達多和釋迦牟尼的理念越差越遠，

提婆達多甚至要求佛陀交出佛教領導者的位子。

佛陀拒絕，於是提婆達多自行在佛教內組成了一個黨團

其中就包括了瞿迦梨一行人。

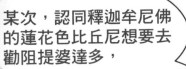

某次，認同釋迦牟尼佛的蓮花色比丘尼想要去勸阻提婆達多，

但在爭執過程中，提婆達多卻失手誤殺了她。

不巧的是，正當提婆達多萬分懊悔的時候，

六師外道的富蘭那看到了整件事的經過，

富蘭那便趁此機會挑撥離間，告訴提婆達多世上並沒有善惡，也沒有業報。

至此，提婆達多的善根盡絕。

後世有許多經書記載提婆達多是多麼陰險毒辣、權力欲薰心，

甚至千方百計想殺害佛陀以取得領導地位……

但這方面，靈界的歷史學者也持續在考據……

在沒有證據前，我不方便多作評論，

所以我只跟你們說目前已確定是事實的部分。

……

哇！那個叫提婆達多的真的有這麼厲害呀。

小子，有了諦聽的靈力之後，

應該稍微了解神通是多麼驚人的能力了吧。

不知道我跟他打誰會贏。

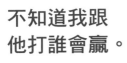

啊！是！

不、不知道。

是速度很快嗎？

和神荼鬱壘一樣？

剛剛老大說瞿迦梨有神足通，

你們兩個知道那是什麼意思嗎？

對了，
順帶一提……

提婆達多
也有神通。

！

哪……哪個
神通？

五個。

引路人・卷三

漫　　　　畫／羅寶
編　　　劇／桑原
企畫選書人／王雪莉
責 任 編 輯／張世國
版權行政暨數位業務專員／陳玉鈴

資深版權專員／許儀盈
行銷企畫主任／陳姿億
業 務 協 理／范光杰
總 編 輯／王雪莉
發 行 人／何飛鵬
法 律 顧 問／元禾法律事務所　王子文律師
出版／奇幻基地出版
　　　城邦文化事業股份有限公司
　　　台北市 115 南港區昆陽街 16 號 4 樓
　　　電話：(02)25007008　　傳真：(02)25027676
　　　網址：www.ffoundation.com.tw
　　　e-mail：ffoundation@cite.com.tw
發行／英屬蓋曼群島商家庭傳媒股份有限公司城邦分公司
　　　台北市 115 南港區昆陽街 16 號 8 樓
　　　書虫客服務專線：(02)25007718・(02)25007719
　　　24 小時傳真服務：(02)25170999・(02)25001991
　　　服務時間：週一至週五 09:30-12:00・13:30-17:00
　　　郵撥帳號：19863813　　戶名：書虫股份有限公司
　　　讀者服務信箱 e-mail：service@readingclub.com.tw
　　　歡迎光臨城邦讀書花園　網址：www.cite.com.tw
香港發行所／城邦（香港）出版集團有限公司
　　　香港九龍九龍城土瓜灣道 86 號順聯工業大廈 6 樓 A 室
　　　電話：(852) 2508-6231　傳真：(852) 2578-9337
　　　e-mail：hkcite@biznetvigator.com
馬新發行所／城邦（馬新）出版集團
　　　【Cite(M)Sdn Bhd】
　　　41, Jalan Radin Anum, Bandar Baru Sri Petaling,
　　　57000 Kuala Lumpur, Malaysia.
　　　Tel: (603) 90563833　Fax:(603) 90576622

封面設計／寬寬
排　　　版／芯澤有限公司
印　　　刷／高典印刷有限公司
■ 2024 年 6 月 4 日初版

ISBN　978-626-7436-14-1

售價／399 元

城邦讀書花園
www.cite.com.tw

115 台北市南港區昆陽街 16 號 8 樓

英屬蓋曼群島商家庭傳媒股份有限公司城邦分公司 收

請沿虛線對摺，謝謝

每個人都有一本奇幻文學的啟蒙書

奇幻基地粉絲團：http://www.facebook.com/ffoundation

書號：1HI130　　　　書名：引路人·卷三

┃奇幻基地 · 2024山德森之年回函活動┃

好禮雙重送！入手奇幻大神布蘭登‧山德森新書可獲2024限量燙金藏書票！
集滿回函點數或購書證明寄回即抽山神祕密好禮、Dragonsteel龍鋼萬元官方商品！

【2024山德森之年計畫啟動！】購買2024年布蘭登‧山德森新書《白沙》、《祕密計畫》系列（共七本），每書隨書附贈限量燙金「山德森之年」藏書票一張！購買奇幻基地作品（不限年份）**五本以上**，即可獲得限量隱藏版「山德森之年」燙金藏書票；購買十本以上還可抽總值萬元進口龍鋼公司官方商品！

好禮雙重送！「山德森之年」限量燙金隱藏版藏書票＆抽萬元龍鋼官方商品

活動時間：2024年1月1日起至2024年10月30日前（以郵戳為憑）
抽獎日：2024年11月15日。
參加辦法與集點兌換說明：2024年度購買奇幻基地任一紙書作品（不限出版年份，限2024年購入），於活動期間將回函卡右下角點數寄回奇幻基地，或於指定連結上傳2024年購買作品之紙本發票照片／載具證明／雲端發票／網路書店購買明細（以上擇一，前述證明需顯示購買時間，連結請見奇幻基地粉專公告），寄回五點或五份證明可獲限量隱藏版「山德森之年」燙金藏書票，寄回十點或十份證明可抽總值萬元進口龍鋼公司官方商品！

活動獎項說明

- **山神祕密耶誕好禮 +「寰宇粉絲組」（共2個名額）**
  布蘭登的奇幻宇宙正在如火如荼地擴張中。趕快找到離您最近的垂裂點，和我們一起躍界旅行吧！
  組合內含：1. 躍界者洗漱包 2. 躍界者行李吊牌 3. 寰宇世界明信片 4. 寰宇角色克里絲別針。

- **山神祕密耶誕好禮 +「天防者粉絲組」（共2個名額）**
  衝入天際，邀遊星辰，撼動宇宙！飛上天際，摘下那些星星！組合內含：1. 天防者飛船模型 2. 毀滅蛞蝓矽膠模具 3. 毀滅蛞蝓撲克牌 4. 寰宇角色史特芮絲別針。

特別說明

1. 活動限台澎金馬。本活動有不可抗力原因無法執行時，主辦單位有權決定取消、中止、修改或暫停本活動。
2. 請以正楷書寫回函卡資料，若字跡潦草無法辨識，視同棄權。
3. 活動中獎人需依集團規定簽屬領取獎項相關文件、提供個人資料以利財會申報作業，開獎後將再發信請得獎者寄安資訊。若中獎人未於時間內提供資料，主辦單位有權取消得獎資格。
4. 本活動限定購買紙書參與，懇請多多支持。

當您同意報名本活動時，您同意【奇幻基地】（城邦文化事業股份有限公司）及城邦媒體出版集團（包括英屬蓋曼群島商家庭傳媒股份有限公司城邦分公司、書虫股份有限公司、墨刻出版股份有限公司、城邦原創股份有限公司），於營運期間及地區內，為提供購、行銷、客戶管理或其他合於營業登記項目或章程所定業務需要之目的，以電郵、傳真、電話、簡訊或其他通知告個資方式利用您提供之資料（資料類別 C001、C011 等各項類別相關資料）。利用對象亦可能包括相關服務的協力機構。如您有依個資法第三條或他需要協助之處，得致電本公司（(02) 2500-7718）。

個人資料：

姓名：＿＿＿＿＿＿＿　性別：＿＿＿＿　年齡：＿＿＿＿　職業：＿＿＿＿　電話：＿＿＿＿＿＿＿

地址：＿＿＿＿＿＿＿＿＿＿＿＿＿＿　Email：＿＿＿＿＿＿＿＿　□ 訂閱奇幻基地電子報

想對奇幻基地說的話或是建議：＿＿＿＿＿＿＿＿＿＿＿＿＿＿＿＿＿＿＿＿

請剪下右邊點數，集滿十點寄回奇幻基地即可參加抽獎，影印無效。

引路人